DAS BUCH DER ABENDLÄNDISCHEN WEISHEIT

DAS BUCH DER ABENDLÄNDISCHEN WEISHEIT

NEFF

Originalausgabe
Neff ist ein Imprint der
Verlagsunion Erich Pabel-Arthur Moewig KG, Rastatt

Umschlaggestaltung: Steinkämper Grafikdesign
Druck und Bindung: Wiener Verlag
Printed in Austria 1994
ISBN 3-8118-5357-0

Ich bin ein Mensch. Nichts Menschliches, glaube ich, ist mir fremd.

Terenz

Wie liebenswert ist ein Mensch, wenn er wirklich ein Mensch ist.

Menander

Was ist der Mensch? Halb Tier, halb Engel.

Joachim Lorenz Evers

Nur wer den Menschen liebt,
wird ihn verstehen.
Wer ihn verachtet, ihn nicht
einmal sehen.

Christian Morgenstern

Je mehr Einsicht man hat,
desto mehr Größe und
Niedrigkeit entdeckt man im
Menschen.

Blaise Pascal

Vieles Gewaltige lebt, doch
nichts ist gewaltiger als der
Mensch.

Sophokles

Zwischen zwei Welten
schwebst du, Menschenkind,
wie zwischen Tag und Nacht
der Dämmrung Saum.
Du weißt nicht, was wir
werden, was wir sind.

Lord Byron

Und nichts verachten soll ein Mensch, was Menschen gilt.

Sophokles

Vieles kann der Mensch entbehren, nur den Menschen nicht.

Ludwig Börne

Was ist am Ende der Mensch anderes als eine Frage?

Rahel Varnhagen van Ense

Die Menschen sind in ihren
Anlagen alle gleich,
nur die Verhältnisse machen
den Unterschied.

Georg Christoph Lichtenberg

Was ist der Mensch?
Jedenfalls nicht das, was er
sich einbildet zu sein, die
Krone der Schöpfung.

Wilhelm Raabe

Alles ist gut, wie es aus den Händen des Schöpfers hervorgegangen; alles entartet unter den Händen des Menschen.

Jean-Jacques Rousseau

Ja Schmerz! nur du machst Menschen erst zu Menschen ganz.

Alphonse de Lamartine

Die Irrtümer des Menschen
machen ihn eigentlich
liebenswürdig.

Johann Wolfgang von Goethe

Gefährlich ist's,
den Leu zu wecken,
Verderblich ist des Tigers Zahn;
Jedoch der schrecklichste der
Schrecken,
Das ist der Mensch in seinem
Wahn.

Friedrich Schiller

Der Furchtsame erschrickt
vor der Gefahr,
Der Feige in ihr, der Mutige
nach ihr.

Jean Paul

So selten ist es, daß die
Menschen finden,
Was ihnen doch bestimmt
gewesen schien.

Johann Wolfgang von Goethe

Der Jugend wird oft der Vorwurf gemacht, sie glaube immer, daß die Welt mit ihr erst anfange. Aber das Alter glaubt noch öfter, daß mit ihm die Welt aufhöre.

Friedrich Hebbel

Wozu hätten wir Freunde nötig, wenn wir sie nie nötig hätten?

William Shakespeare

Es wäre interessant zu
erfahren, wie die ersten zwei
Menschen erschaffen wurden,
aber es ist hübsch zu wissen,
wie der dritte entstanden ist.

Peter Sellers

Was ist eigentlich alt?
Was ist jung?
Jung, wo die Zukunft vorwaltet.
Alt, wo die Vergangenheit die
Übermacht hat.

Novalis

Irren ist menschlich.

Seneca

Irren ist menschlich und
Vergeben göttlich.

Alexander Pope

Der Mensch
ist das einzige Geschöpf,
das erzogen werden muß.

Immanuel Kant

Jeder möchte die Menschheit bessern, aber keiner fängt bei sich selber an.

Lew N. Tolstoi

Man sollte den Menschen nicht nach seinen Vorzügen beurteilen,
sondern nach dem Gebrauch, den er davon macht.

François de La Rochefoucauld

In den großen Dingen zeigen sich die Menschen, wie es ihnen zukommt, sich zu zeigen. In den kleinen zeigen sie sich, wie sie sind.

Chamfort

Kein Mensch will etwas werden, ein jeder will schon etwas sein.

Johann Wolfgang von Goethe

Daß ihr euch selbst nicht
erkennt, das scheint euch so sehr
zu bekümmern;
Menschen, ihr lebt nur
dadurch, daß ihr nicht wißt,
was ihr seid!

Friedrich Hebbel

Man hat für Mensch,
so viel man schreibt,
Noch keinen Reim erlesen;
Der Schöpfung Krone ist und bleibt
Ein ungereimtes Wesen.

Adolf Franke

Wir sind nichts.
Was wir suchen, ist alles.

Friedrich Hölderlin

Niemand weiß so viel
Schlechtes von uns wie wir
selbst – und trotzdem denkt
niemand so gut von uns wie
wir selbst.

Franz von Schönthan

Man mutet sich so leichtfertig
andern Menschen zu, und
dabei kann man sich kaum
selbst ertragen.

Wolfgang Borchert

Menschen, die immer daran
denken, was andere von ihnen
halten, wären sehr überrascht,
wenn sie wüßten, wie wenig
die anderen über sie
nachdenken.

Bertrand Russell

Der Mensch muß bei dem
Glauben verharren, daß das
Unbegreifliche begreiflich sei;
er würde sonst nicht forschen.

Johann Wolfgang von Goethe

Was einen treffen kann,
kann jeden treffen.

Seneca

Jeder ist sich selbst der Nächste.

Terenz

Wer sich nicht selbst zum
besten haben kann,
Der ist gewiß nicht von den
Besten.

Johann Wolfgang von Goethe

Es hat keinen großen Geist
ohne einen Schuß Wahnsinn
gegeben.

Seneca

Von einem bestimmten Alter
an ist jeder Mensch für sein
Gesicht verantwortlich.

Albert Camus

Der Computer ist die logische
Weiterentwicklung des
Menschen:
Intelligenz ohne Moral.

John Osborne

Wo Menschen angebetet
werden, ist es gut, sich zu
entfernen.

Günther Weisenborn

Die Menschheit ist ein Buch,
das immer wieder von neuem
aufgelegt wird, ohne die
Aussicht, jemals ein Bestseller
zu werden.

William Faulkner

Viele ereifern sich über Anschauungen, die sie in zwanzig Jahren haben werden.

Jean-Paul Sartre

Die Menschheit rast mit zweihundert Stundenkilometern auf einer Straße voller Schlaglöcher in einem Auto ohne Bremsen. Die einzige Chance ist, daß ihr der Treibstoff ausgeht.

Luis da Costa

Du kannst dein Leben nicht verlängern noch verbreitern, nur vertiefen.

Gorch Fock

Oft ist der Mensch selbst sein größter Feind.

Cicero

Wer die andern neben sich klein macht, ist nie groß.

Johann Gottfried Seume

Und wie wir eben Menschen sind,
Wir schlafen sämtlich auf
Vulkanen.

Johann Wolfgang von Goethe

Das Herz hat seine Gründe,
die die Vernunft nicht kennt.

Blaise Pascal

Sieh nach den Sternen,
hab acht auf die Gassen.

Wilhelm Raabe

*I*m engern Kreis
verengert sich der Sinn.
Es wächst der Mensch mit
seinen größern Zwecken.

Friedrich Schiller

*Ü*ber nichts wird
flüchtiger geurteilt
als über die Charaktere der
Menschen, und doch sollte
man in nichts behutsamer sein.

Georg Christoph Lichtenberg

Nichts aber bieten die Leute lieber an und geben es lieber, als was sie entweder nicht haben oder nicht achten; der Verschwender Geld, der Schwachkopf guten Rat.

Adolph Knigge

Um fremden Wert willig und frei anzuerkennen und gelten zu lassen, muß man eigenen haben.

William Shakespeare

Die Menschen müssen begreifen, daß sie das gefährlichste Ungeziefer sind, das je die Erde verwüstet hat.

Friedensreich Hundertwasser

Der Mensch hat zwei Beine und zwei Überzeugungen: eine, wenn's ihm gutgeht, und eine, wenn's ihm schlechtgeht. Die letztere heißt Religion.

Kurt Tucholsky

Wenngleich das
Zeugungsgeschäft nicht
eigentlich absichtliche Wohltat
für die folgende Generation
ist, so gibt es doch wenig
Menschen, die nicht ganz gut
damit zufrieden wären, daß
jemand sich die Mühe gegeben
hat, sie in die Welt zu setzen.

Adolph Knigge

Wer seine Angst zugibt,
muß viel Mut haben.

Sigrid Lesser

Wer auf andere nicht mehr
angewiesen zu sein glaubt,
wird unerträglich.

Vauvenargues

Es ist traurig,
eine Ausnahme zu sein.
Aber noch viel trauriger ist es,
keine zu sein.

Peter Altenberg

Man gibt Ratschläge,
aber die Ausführung bringt
man keinem bei.

François de La Rochefoucauld

Das Leben ist eine Komödie
für den Denkenden und
eine Tragödie für die,
welche fühlen.

Hippokrates

Gib mir die Gelassenheit,
Dinge hinzunehmen, die ich
nicht ändern kann. Gib mir
den Mut, Dinge zu ändern, die
ich ändern kann. Und gib mir
die Weisheit, das eine vom
anderen zu unterscheiden.

Friedrich Christoph Oetinger

Was soll ich viel lieben,
was soll ich viel hassen;
Man lebt nur vom leben lassen.

Johann Wolfgang von Goethe

Wer über gewisse Dinge
den Verstand nicht verliert,
der hat keinen zu verlieren.

Gotthold Ephraim Lessing

Genau genommen, leben sehr
wenige Menschen in der
Gegenwart. Die meisten
bereiten sich vor, demnächst
zu leben.

Jonathan Swift

Auch der Mutigste von uns
hat nur selten den Mut zu dem,
was er eigentlich weiß.

Friedrich Nietzsche

Und leben ist ja doch des Lebens
höchstes Ziel!

Franz Grillparzer

Man erkennt die Menschen an
ihrem Müll.

Oliver Brown

Es ist schwerer, Gefühle, die
man hat, zu verbergen,
als solche, die man nicht hat,
zu heucheln.

François de La Rochefoucauld

Lebenskunst ist nicht zuletzt
die Fähigkeit,
auf etwas Notwendiges zu
verzichten,
um sich etwas
Überflüssiges zu leisten.

Vittorio de Sica

Wie wenig ist am
Ende der Lebensbahn
daran gelegen,
was wir erlebten,
und wie unendlich viel,
was wir daraus machten.

Wilhelm von Humboldt

Wer unbemerkt
Sich in die Welt hinein und wieder
Hinaus geschlichen, hat nicht
schlecht gelebt.

Horaz

Leben kann man nur vorwärts,
das Leben verstehen nur
rückwärts.

Sören Kierkegaard

Zwei Tragödien
gibt es im Leben:
Die eine, nicht zu bekommen,
was das Herz wünscht,
die andre,
es zu bekommen.

George Bernard Shaw

Zu wandeln und
auf seinen Weg zu sehen,
Ist eines Menschen
erste, nächste Pflicht;
Denn selten schätzt er recht,
was er getan,
Und was er tut,
weiß er fast nie zu schätzen.

Johann Wolfgang von Goethe

Das Leben – das Wartezimmer
zum Jenseits.

Hugo Oswald

Nicht dem Vergnügen (Genuß), der Schmerzlosigkeit geht der Vernünftige nach.

Aristoteles

Niemand heilt durch Jammern seinen Harm.

William Shakespeare

Wer hoch zu stehen wähnt, ist seinem Falle nah.

Christoph Martin Wieland

Ein Mädchen
und ein Gläschen Wein,
Kurieren alle Not;
Und wer nicht trinkt und
wer nicht küßt,
Der ist so gut wie tot.

Johann Wolfgang von Goethe

Der Tor läuft den Genüssen des Lebens nach und sieht sich betrogen; der Weise vermeidet die Übel.

Arthur Schopenhauer

*E*s liegt in der menschlichen
Natur, vernünftig zu denken
und unlogisch zu handeln.

Anatole France

*J*e planmäßiger die Menschen
vorgehen, desto wirksamer
trifft sie der Zufall.

Friedrich Dürrenmatt

Ein jeder preist nur, was ihm nützt.

Karl Wilhelm Ramler

Man kann alles richtig
machen und das Wichtigste
versäumen.

Alfred Andersch

Erhalte sorgsam, waltet die
böse Zeit,
Dein Herz im Gleichmut.

Horaz

Es gibt auch eine
Befriedigung, die sich im Kopf
abspielt: denken.

Gabriele Wohmann

Die gerechte Entrüstung ist
leider viel seltener als die
ungerechte Rüstung.

Joachim Ringelnatz

Ein bißchen Güte von Mensch
zu Mensch ist besser als alle
Liebe zur Menschheit.

Richard Dehmel

Wer was gelten will,
Muß andre gelten lassen.

Johann Wolfgang von Goethe

Eher schätzet man das Gute
Nicht, als bis man es verlor.

Johann Gottfried Herder

So fiel dein Herz
dem Kleinmut gar zur Beute,
Der oft des Menschen beste
Kraft zerbricht.

Dante Alighieri

Die größten Schwierigkeiten
liegen da, wo wir sie nicht
suchen.

Johann Wolfgang von Goethe

Reichen die Kräfte nicht aus,
so ist doch der Wille zu loben.

Ovid

Wer sich an andre hält,
Dem wankt die Welt;
Wer auf sich selber ruht,
Steht gut.

Paul Heyse

*N*ur die Menschen,
die für die Weisheit Zeit
haben, sind frei von Unruhe.
Sie allein leben.

Seneca

*H*öflichkeit
ist wie ein Luftkissen:
Es mag wohl nichts drin sein,
aber sie mildert
die Stöße des Lebens.

Arthur Schopenhauer

Alle Menschen schieben auf
und bereuen den Aufschub.

Georg Christoph Lichtenberg

Was man sucht, es läßt
sich finden; was man
unbeachtet läßt, entflieht.

Sophokles

Wer spricht von Siegen?
Überstehen ist alles.

Rainer Maria Rilke

Die Liebe ist der Liebe Preis.

Friedrich Schiller

Liebe ist ein privates
Weltereignis.

Alfred Polgar

Geliebt wirst du einzig, wo
schwach du dich zeigen darfst,
ohne Stärke zu provozieren.

Theodor W. Adorno

Und doch, welch Glück,
geliebt zu werden!
Und lieben, Götter, welch ein
Glück!

Johann Wolfgang von Goethe

Das Leben ist Schlaf,
dessen Traum die Liebe ist.
Du wirst gelebt haben,
wenn du geliebt haben wirst.

Alfred de Musset

Was ist es, sprich,
was bei den Menschen
Liebe heißt?
O Kind, das Süßeste
und Bitterste zugleich.

Euripides

Liebe zuerst bringt Lust, doch
am Schluß nur Schmerzen
dem Herzen.

Ovid

Die Liebe ist ein Stoff,
den die Natur gewebt
und die Phantasie bestickt hat.

Voltaire

Liebe ist Qual,
Lieblosigkeit ist Tod.

Marie von Ebner-Eschenbach

Liebe – auch so ein Problem,
das Marx nicht gelöst hat.

Jean Anouilh

Liebe, die von Herzen liebt,
Ist am reichsten, wenn sie gibt;
Liebe, die von Opfern spricht,
Ist schon rechte Liebe nicht.

Emanuel Geibel

Die Ehe ist vielleicht die seltsamste Mischung von Biologie und Jurisprudenz.

Kurt Höbel

Es ist das Geheimnis einer guten Ehe, einer Serienaufführung immer wieder Premierenstimmung zu geben.

Max Ophüls

Doch eines ist, was nützt: die Klarheit. Eins ist, was besteht: das Recht. Eins ist, was besänftigt: die Liebe.

Ludwig Börne

Was aus Liebe getan wird,
geschieht immer jenseits von
Gut und Böse.

Friedrich Nietzsche

Man liebt sich nicht nur in
andern, sondern haßt sich
auch in andern.

Georg Christoph Lichtenberg

Alter schützt vor Liebe nicht,
aber Liebe schützt bis zu einem
gewissen Grade vor Alter.

Jeanne Moreau

Der Gedanke an die
Vergänglichkeit aller irdischen
Dinge ist ein Quell unendlichen
Leids und ein Quell
unendlichen Trostes.

Marie von Ebner-Eschenbach

*E*ifersucht ist eine
Leidenschaft,
Die mit Eifer sucht, was Leiden
schafft.

Franz Grillparzer

*O*b die Liebe ein Glück ist?
Jedenfalls ist sie
das charmanteste Unglück,
das uns zustoßen kann.

Curt Goetz

Denn solange wir sind,
ist der Tod nicht da,
und sobald er da ist,
sind wir nicht mehr.

Epikur

Wir sollten
das Leben verlassen
wie ein Bankett:
weder durstig noch betrunken.

Aristoteles

Wie du beim Hinscheiden
gelebt zu haben wünschest, so
kannst du jetzt schon leben.

Marc Aurel

Es muß das Herz bei jedem
Lebensrufe
Bereit zum Abschied sein und
Neubeginne.

Hermann Hesse

Der Tod ist nichts
Schreckliches;
nur die fürchterliche
Vorstellung
vom Tode macht ihn furchtbar.

Epiktet

Ich habe keine Angst vorm
Sterben, ich möcht' nur nicht
dabeisein, wenn's passiert.

Woody Allen

Wenn man sieht, was die
Medizin heute fertigbringt,
fragt man sich unwillkürlich:
Wie viele Etagen hat der Tod?

Jean-Paul Sartre

Der Tod ist die Ruhe, aber der
Gedanke an den Tod ist der
Störer jeglicher Ruhe.

Cesare Pavese

Wissen ist Macht.

Francis Bacon

Die Lüge ist die Religion der Knechte und Herren, die Wahrheit ist die Gottheit der freien Menschen!

Maxim Gorki

Die einfachsten Wahrheiten
sind es,
auf die der Menschen immer
erst am spätesten kommt.

Ludwig Feuerbach

Man sollte die Wahrheit dem
anderen wie einen Mantel
hinhalten, daß er
hineinschlüpfen kann – nicht
wie ein nasses Tuch um den
Kopf schlagen.

Max Frisch

Genie besteht immer darin, daß einem etwas Selbstverständliches zum erstenmal einfällt.

Hermann Bahr

Die utopistischen Träume sind oft nur vorzeitige Wahrheiten.

Alphonse de Lamartine

Wenn es nur eine einzige Wahrheit gäbe, könnte man nicht hundert Bilder über dasselbe Thema malen.

Pablo Picasso

Alles ist richtig,
auch das Gegenteil.
Nur „zwar – aber“,
das ist nie richtig.

Kurt Tucholsky

Was wir wissen,
ist ein Tropfen, was wir nicht
wissen – ein Ozean.

Isaac Newton

Aufrichtigkeit ist die Zuflucht
jener, die weder Phantasie
noch Taktgefühl haben.

Henry de Montherlant

Nehmen Sie einem
Durchschnittsmenschen
die Lebenslüge,
und Sie nehmen ihm
zu gleicher Zeit das Glück.

Henrik Ibsen

Wer zuviel zweifelt,
der verzweifelt.

Christoph Lehmann

O glücklich,
wer noch hoffen kann,
Aus diesem Meer des Irrtums
aufzutauchen!
Was man nicht weiß,
das eben brauchte man,
Und was man weiß, kann man
nicht brauchen.

Johann Wolfgang von Goethe

Zweifel ist der Weisheit
Anfang.

René Descartes

Mit dem Wissen
wächst der Zweifel.

Johann Wolfgang von Goethe

Aufrichtigkeit ist
höchstwahrscheinlich
die verwegenste Form der
Tapferkeit.

William Somerset Maugham

*E*s ist leichter, eine Lüge
zu glauben, die man
hundertmal gehört hat,
als eine Wahrheit, die man
noch nie gehört hat.

Robert Lynd

*D*as Gefährliche an den
Halbwahrheiten ist,
daß fast immer die falsche
Hälfte geglaubt wird.

Hans Krailsheimer

Der Aberglauben
schlimmster ist, den seinen
Für den erträglicheren
zu halten.

Gotthold Ephraim Lessing

Was jedermann für
ausgemacht hält,
verdient am meisten
untersucht zu werden.

Georg Christoph Lichtenberg

Der Endzweck der
Wissenschaft ist Wahrheit;
der Endzweck der Künste
hingegen ist Vergnügen.

Gotthold Ephraim Lessing

Wer die Wahrheit kennt
und spricht sie nicht,
Der bleibt fürwahr ein
erbärmlicher Wicht.

August Binzer

Schön ist das Wahre nur,
das Wahre nur ist
liebenswert.

Nicolas Boileau-Despréaux

Bei den meisten Menschen
gründet sich
der Unglaube in einer Sache
auf blinden Glauben
in einer anderen.

Georg Christoph Lichtenberg

Wir sind uns mehr
als die frühere
Naturwissenschaft dessen
bewußt, daß es keinen
sicheren Ausgangspunkt gibt,
von dem aus Wege in alle
Gebiete des Erkennbaren
führen, sondern daß alle
Erkenntnis gewissermaßen
über einer grandiosen Tiefe
schweben muß.

Werner Heisenberg

An nichts muß man mehr zweifeln als an Sätzen, die zur Mode geworden sind.

Georg Christoph Lichtenberg

Die Worte sind da, um unsere Gedanken zu verbergen.

Charles Maurice de Talleyrand

Der Mensch ist das Maß
aller Dinge.

Protagoras

Alles wechselt, nichts vergeht.

Ovid

Aus Nichts wird nichts.

Lukrez

Gibt es doch für Sterbliche
Niemals Erlösung aus der
vorbestimmten Not.

Sophokles

Wer recht erkennen will,
muß zuvor in richtiger Weise
gezweifelt haben.

Aristoteles

Ich weiß,
daß ich nichts weiß.

Sokrates

Zuletzt unter allem Erkennbaren und nur mit Mühe wird die Idee des Guten erkannt; wenn man aber sie erschaut hat, dann wird man alsbald anerkennen, daß sie der Urgrund alles Rechten und Guten für alle ist.

Platon

Die Natur schreitet so
allmählich von den
unbeseelten Dingen zu den
belebten Wesen fort, daß man
bei allem stetigen
Zusammenhange nicht gewahr
wird, wo die Grenzen der
beiden Arten liegen.

Aristoteles

Ich denke, also bin ich.

René Descartes

Alles nämlich, was ich bisher
am ehesten für wahr
angenommen, habe ich von
den Sinnen oder durch
Vermittlung der Sinne
empfangen.
Nun aber bin ich
dahintergekommen, daß diese
uns bisweilen täuschen,
und es ist ein Gebot der
Klugheit, niemals denen ganz
zu trauen, die auch nur einmal
uns getäuscht haben.

René Descartes

Alle Dinge geschehen aus
Notwendigkeit; es gibt in der
Natur kein Gutes und kein
Schlechtes.

Baruch de Spinoza

Wir sind vom gleichen Stoff,
Aus dem die Träume sind,
und unser Leben
Umfaßt ein Schlaf.

William Shakespeare

Die ganze Welt ist Bühne,
Und alle Fraun und Männer
bloße Spieler.

William Shakespeare

Nichts Ewiges kann das Glück
uns geben,
Denn flüchtiger Traum ist
Menschenleben,
Und selbst die Träume sind ein
Traum!

Pedro Caldéron de la Barca

Gott hätte die Welt nicht
geschaffen, wenn sie nicht
unter allen möglichen
die beste wäre.

Gottfried Wilhelm Leibniz

Handle nur nach derjenigen
Maxime, durch die du zugleich
wollen kannst, daß sie ein
allgemeines Gesetz werde.

Immanuel Kant

Ich glaube dargelegt zu haben, daß der Mensch von Natur aus gut ist. Was hat ihn demnach verderben können, wenn dies nicht die Fortschritte waren, die er machte, und die Kenntnisse, die er erwarb?

Jean-Jacques Rousseau

Wir sind einzig und allein das, wozu uns die uns umgebenden Dinge machen.

Claude Adrien Helvétius

Aufklärung ist der Ausgang des Menschen aus seiner selbst verschuldeten Unmündigkeit. Unmündigkeit ist das Unvermögen, sich seines Verstandes ohne Leistung eines anderen zu bedienen.

Immanuel Kant

Alles, was ist, ist vernünftig.

Georg Wilhelm Friedrich Hegel

Handle so, daß du die
Menschheit sowohl in deiner
Person als in der Person eines
jeden anderen jederzeit
zugleich als Zweck, niemals
bloß als Mittel brauchest.

Immanuel Kant

Jedes Gute muß nach seiner
Wirkung für die Welt beurteilt
werden.

Adolph Knigge

Denn alles, was entstcht,
Ist wert, daß es zugrunde geht.

Johann Wolfgang von Goethe

Der Staat an und für sich
ist das sittliche Ganze, die
Verwirklichung der Freiheit;
und es ist absoluter Zweck
der Vernunft, daß die Freiheit
wirklich sei.

*Georg Wilhelm Friedrich
Hegel*

Die Idee ist das Absolute,
und alles Wirkliche
ist nur die Realisierung der
Idee.

Georg Wilhelm Friedrich
Hegel

Es ist nicht das Bewußtsein
der Menschen, das ihr Sein,
sondern umgekehrt ihr
gesellschaftliches Sein, das ihr
Bewußtsein bestimmt.

Karl Marx

Im positiven Stadium erkennt
man endlich die
Unmöglichkeit, absolute
Erkenntnisse zu gewinnen;
man verzichtet darauf,
Ursprung und Bestimmung des
Weltalls zu ergründen und die
inneren Ursachen der
Erscheinungen zu begreifen.

Auguste Comte

Diese Welt ist absurd.

Albert Camus

*D*ie Philosophen haben die
Welt nur verschieden
interpretiert, es kommt darauf
an, sie zu verändern.

Karl Marx

*I*ch zeige zunächst, daß der
Zustand der Menschen
außerhalb der bürgerlichen
Gesellschaft ... kein anderer
war als Krieg aller gegen alle.

Thomas Hobbes

Alles, was die Menschen
in Bewegung setzt,
muß durch ihren Kopf
hindurch;
aber welche Gestalt es in
diesem Kopf annimmt,
hängt sehr von den
Umständen ab.

Friedrich Engels

Der Mensch ist zur Freiheit
verurteilt.

Jean-Paul Sartre

Die Traumarbeit zwingt uns,
eine unbewußte psychische
Tätigkeit anzunehmen,
welche umfassender und
bedeutsamer ist als die uns
bekannte mit Bewußtsein
verbundene.

Sigmund Freud

Jeder hat so viel Recht,
wie er Macht hat.

Baruch de Spinoza

Wie kann auch die
Alleinherrschaft
etwas Gutes sein,
die tun kann,
was ihr beliebt, ohne
Verantwortlichkeit?

Herodot

Der Mensch ist frei geboren
und liegt doch überall
in Ketten.

Jean-Jacques Rousseau

Der erste, der ein Stück Land mit einem Zaun umgab und auf den Gedanken kam zu sagen „Dies gehört mir“ und der Leute fand, die einfältig genug waren, ihm zu glauben, war der eigentliche Begründer der bürgerlichen Gesellschaft.

Jean-Jacques Rousseau

Despotismus jeder Art reizt nur Widersetzlichkeit.

Moses Mendelssohn

*E*ine Gesellschaft ist frei, wenn alle ihre Glieder ohne Unterschied der Billigkeit unterworfen sind, welche unveränderlich ist, und nicht den Launen des Menschen, die so sehr dem Wechsel unterworfen sind. Eine gerechte Freiheit läßt jedem das Befugnis, seinen eigenen Vorteil zu suchen, ohne den eines anderen zu schädigen.

Paul Heinrich Dietrich von Holbach

Das wichtigste Problem im
Politischen ist das Mittel zu
verhindern finden, daß
diejenigen, welche an der
Regierung keinen Anteil haben,
nicht die Beute derjenigen
werden, welche sie regieren.

*Paul Heinrich Dietrich
von Holbach*

Wenn es den Kaiser juckt,
So müssen die Völker kratzen.

Heinrich Heine

Die Heilige Schrift
sagt uns, Gott habe
den ersten Menschen und
seine Nachkommenschaft
dazu verdammt,
im Schweiße des Angesichts
zu arbeiten;
aber er hat uns nicht
dazu verdammt, der Arbeit
beraubt zu werden,
von welcher unsere
Subsistenz abhängt.

Charles Fourier

Kein Mensch ist gut genug,
einen anderen Menschen
ohne dessen Zustimmung
zu regieren.

Abraham Lincoln

Die Krankheiten,
die das Wachstum
der Menschheit bezeichnen,
nennt man Revolutionen.

Friedrich Hebbel

Die Revolution ist die
Notwehr des Volkes,
das in seinen heiligsten
Rechten gekränkt ist.

Lothar Bucher

Große Zeit ist es immer nur,
wenn's beinahe schiefgeht,
wenn man jeden Augenblick
fürchten muß:
Jetzt ist alles vorbei.

Theodor Fontane

*D*as Recht des Stärkeren ist
das stärkste Unrecht.

Marie von Ebner-Eschenbach

*E*s ist der Grundsatz der
Gerechtigkeit für alle Völker
und Nationalitäten und ihr
Recht, unter völlig gleichen
Bedingungen von Freiheit
und Sicherheit zu leben,
gleich ob sie stark oder
schwach sind.

Thomas Woodrow Wilson

Natürlich gibt es keine
vernünftige Gesellschaft.
Aber es gibt immer eine,
die vernünftiger ist
als die bestehende.
Und für sie müssen wir
arbeiten.

Karl Popper

Fortschritt ist das Werk
der Unzufriedenen.

Jean-Paul Sartre

Umwälzungen finden in
Sackgassen statt.

Bertolt Brecht

Die Wissenschaftler
bemühen sich,
das Unmögliche möglich
zu machen.
Die Politiker bemühen
sich oft, das Mögliche
unmöglich zu machen.

Bertrand Russell

Die besten Reformer,
die die Welt kennt,
sind diejenigen, die bei sich
selbst anfangen.

George Bernard Shaw

Es ist nun einmal so,
daß Macht korrumpiert – und
wäre es nur die Macht über
einen Kegelklub.

Robert Neumann

Wir leben in einer Zeit der Schnüffelei. Heutzutage bedroht man Menschen nicht mit dem Dolch, sondern mit einem Dossier.

Vance Packard

Der Anspruch auf den Platz an der Sonne ist bekannt. Weniger bekannt ist, daß sie untergeht, sobald er errungen ist.

Karl Kraus

Schade, daß die meisten
sofort aufhören zu rudern,
wenn sie ans Ruder
gekommen sind.

Alfred Polgar

Gegen den Strom der Zeit
kann zwar der einzelne nicht
schwimmen; aber wer Kraft
hat, hält sich und läßt sich
von demselben nicht mit
fortreißen.

Johann Gottfried Seume

Sicherheit erreicht man nicht,
indem man Zäune errichtet,
Sicherheit gewinnt man, indem
man Tore öffnet.

Urho Kekkonen

Es ist zu bezweifeln,
ob alle bisherigen technischen
Erfindungen die Tageslast
auch nur eines einzelnen
menschlichen Wesens
erleichtert haben.

John Stuart Mill

Was moralisch falsch ist,
kann nicht politisch richtig
sein.

William Ewart Gladstone

Recht ist hüben zwar wie
drüben,
Aber danach sollst du trachten,
Eigne Rechte mild zu üben,
Fremde Rechte streng zu
achten.

Emanuel Geibel

Die Menschen werfen sich
im Politischen wie auf dem
Krankenlager von
einer Seite auf die andere,
weil sie glauben,
dann besser zu liegen.

Johann Wolfgang von Goethe

Mehrheiten zementieren das
Bestehende.
Fortschritt ist nur über
Minderheiten möglich.

Bertrand Russell

Jeder Zwang ist Gift
für die Seele.

Ludwig Börne

Das Licht,
das sogenannte offizielle
Mitteilungen verbreiten,
ist oft nichts als ein Irrwisch,
der uns in Sümpfe führt.

Ludwig Börne

Das Gesetz ist lückenhaft,
das Recht ist lückenlos.

Joseph Unger

In der Weltpolitik spritzt
mancher, der sich als
Feuerwehrmann ausgibt,
mit Benzin.

Bertrand Russell

Unter Fortschritt
versteht man eher
das Tempo
als die Richtung.

Thornton Wilder

In der Politik
ist es manchmal wie bei der
Grammatik: Ein Fehler,
den alle begehen, wird
schließlich als Regel
anerkannt.

André Malraux

Wenn man in Mühe und Arbeit vor sich hinlebt, denkt man immer, man tue das Möglichste; und der von weitem zusieht und befiehlt, glaubt, er verlange nur das Mögliche.

Johann Wolfgang von Goethe

Stille Unterordnung unter Willkür schwächt, stille unter Notwendigkeit stärkt.

Jean Paul

Welch cin künstlich Netz
Ist doch das Gesetz:
Kleines ist gefangen,
Großes durchgegangen.

Friedrich von Logau

Das ganze Jahrhundert
ist ein Wettrennen
nach großen Zielen
mit kleinen Menschen.

Jean Paul

Der größte Feind des Rechts
ist das Vorrecht.

Marie von Ebner-Eschenbach

Privilegien aller Art
sind das Grab der Freiheit
und Gerechtigkeit.

Johann Gottfried Seume

Wer sein Recht nicht wahret,
gibt es auf.

Ernst Raupach

Überflüssige Gesetze
tun den notwendigen
an ihrer Wirkung Abbruch.

Montesquieu

Wer in die Öffentlichkeit tritt,
hat keine Nachsicht zu
erwarten
und keine zu fordern.

Marie von Ebner-Eschenbach

Vaterland ist allenthalben da,
wo es einem gutgeht.

Cicero

Jede einem Menschen
zugefügte Beleidigung,
gleichgültig, welcher Rasse
er angehört, ist eine
Herabwürdigung der ganzen
Menschheit.

Albert Camus

Der Weg der neueren Bildung geht
Von Humanität
Durch Nationalität
Zur Bestialität.

Franz Grillparzer

Ich möchte was darum geben,
genau zu wissen,
für wen eigentlich die Taten
getan worden sind, von denen
man öffentlich sagt,
sie wären für das Vaterland
getan worden.

Georg Christoph Lichtenberg

Der Patriotismus verdirbt die Geschichte.

Johann Wolfgang von Goethe

Ein Vorzug bleibt uns ewig unverloren,
Man nennt ihn heut die Nationalität;
Sie sagt: daß irgendwo der Mensch geboren,
Was freilich sich von selbst versteht.

Franz Grillparzer

Das ist der Weisheit letzter
Schluß:
Nur der verdient sich Freiheit
wie das Leben,
Der täglich sie erobern muß.

Johann Wolfgang von Goethe

Freiheit ist immer nur Freiheit
des anders Denkenden.

Rosa Luxemburg

Wir sind um so freier, je
mehr wir der Vernunft gemäß
handeln, und um so mehr
geknechtet, je mehr wir uns
von den Leidenschaften
regieren lassen.

Gottfried Wilhelm Leibniz

Mir ist die gefährliche Freiheit
lieber als eine ruhige Knechtschaft.

Jean-Jacques Rousseau

Freiheit ist ein Gut, das durch
Gebrauch wächst, durch
Nichtgebrauch dahinschwindet.

Carl Friedrich von Weizsäcker

Freiheit bedeutet
Verantwortlichkeit.
Das ist der Grund,
weshalb die meisten Menschen
sich vor ihr fürchten.

George Bernard Shaw

Wer Freiheit aufgibt,
um Sicherheit zu gewinnen,
verdient weder Freiheit
noch Sicherheit.

Benjamin Franklin

Niemand ist frei, der nicht
über sich selbst Herr ist.

Matthias Claudius

Wo keine Gerechtigkeit ist,
ist keine Freiheit, und wo kein
Freiheit ist, ist keine
Gerechtigkeit.

Johann Gottfried Seume

Das Wort ist frei,
die Tat ist stumm,
der Gehorsam blind.

Friedrich Schiller

Wer an die Freiheit des
menschlichen Willens glaubt,
hat nie geliebt und nie gehaßt.

Marie von Ebner-Eschenbach

Keine Regierung und keine
Bataillone vermögen Recht
und Freiheit zu schützen,
wo der Bürger nicht imstande
ist, selbst vor die Haustür zu
treten und nachzusehen,
was es gibt.

Gottfried Keller

Manche Politiker unserer Zeit pflegen es als einen sich von selbst verstehenden Satz hinzustellen, daß kein Volk frei sein dürfe, bis es fähig sei, sich seiner Freiheit zu bedienen. Dieser Grundsatz ist des Toren in der alten Geschichte würdig, der beschloß, nicht eher ins Wasser zu gehen, als bis er schwimmen gelernt hätte.

Rose Macaulay

Der Mensch ist frei wie ein Vogel im Käfig. Er kann sich innerhalb gewisser Grenzen bewegen.

Johann Kaspar Lavater

Die Freiheit besteht darin, daß man alles das tun kann, was einem andern nicht schadet.

Matthias Claudius

Es ist nicht genug zu wissen,
man muß auch anwenden;
Es ist nicht genug zu wollen,
man muß auch tun.

Johann Wolfgang von Goethe

Frisch gewagt ist halb
gewonnen.

Horaz

Es gibt Gezeiten auch für
unser Tun.
Nimmt man die Flut wahr,
führet sie zum Glück,
versäumt man sie,
so muß die ganze Reise
des Lebens sich durch
Not und Klippen winden.

William Shakespeare

Man muß das Eisen
schmieden, solange es heiß ist.

Terenz

Wer seine Träume
verwirklichen will,
muß wach sein.

Michael Pfleghar

Das eine ist der Gottheit selbst
verwehrt:
Das, was getan ist,
ungeschehn zu machen.

Aristoteles

Nur die Sache ist verloren,
die man aufgibt.

Gotthold Ephraim Lessing

Wir würden uns oft
unserer schönsten Taten
schämen,
wenn die Welt alle
Beweggründe sähe,
aus denen sie hervorgehen.

François de La Rochefoucauld

Mit Geduld und Zeit
Kommt man mählich weit!

Abraham a Santa Clara

Wir sind nicht nur
verantwortlich für das,
was wir tun,
sondern auch für das,
was wir nicht tun.

Molière

Gewiß ist es fast noch wichtiger, wie der Mensch das Schicksal nimmt, als wie es ist.

Wilhelm von Humboldt

Wenn das Schicksal ruft: Le jeu est fait, Messieurs! – so achten das die wenigsten; erst wenn sie hören: Rien ne va plus, bekommen sie Lust, aber zu spät.

Ludwig Börne

Der Charakter ist das
Schicksal des Menschen.

Heraklit

Das Schicksal mischt die
Karten, und wir spielen.

Arthur Schopenhauer

Unsere Taten sind nur Würfel
In des Zufalls blinde Nacht.

Franz Grillparzer

Auch das Zufälligste ist nur
ein auf entfernterem Wege
herangekommenes
Notwendiges.

Arthur Schopenhauer

In deiner Brust sind deines
Schicksals Sterne.

Friedrich Schiller

Das Leben ist der Güter
höchstes nicht,
Der Übel größtes ist die
Schuld.

Friedrich Schiller

Was ist Reue?
Eine große Trauer darüber,
daß wir sind, wie wir sind.

Marie von Ebner-Eschenbach

Jeder Krieg ist eine Niederlage
des menschlichen Geistes.

Henry Miller

Das Unglück der Erde war
bisher, daß zwei den Krieg
beschlossen und Millionen ihn
ausstanden, indes es besser,
wenn auch nicht gut gewesen
wäre, daß Millionen
beschlossen hätten und zwei
bestritten.

Jean Paul

Wenn die Waffen sprechen,
schweigen die Gesetze.

Cicero

Die Menschheit muß
dem Krieg ein Ende setzen,
oder der Krieg setzt der
Menschheit ein Ende.

John F. Kennedy

Die Menschheit hat
mittlerweile gelernt, mehr
Menschen umzubringen, als
überhaupt da sind.

Carl Friedrich von Weizsäcker

Es gab noch nie einen guten
Krieg oder einen schlechten Frieden.

Benjamin Franklin

Krieg ist zuerst die Hoffnung, daß es einem besser gehen wird, hierauf die Erwartung, daß es dem andern schlechter gehen wird, dann die Genugtuung, daß es dem andern auch nicht besser geht, und hernach die Überraschung, daß es beiden schlechter geht.

Karl Kraus

Der Krieg zwischen zwei gebildeten Völkern ist ein Hochverrat an der Zivilisation.

Carmen Sylva
(Elisabeth,
Königin von Rumänien)

Im längsten Frieden spricht der Mensch nicht soviel Unsinn und Unwahrheit als im kürzesten Kriege.

Jean Paul

Entstehen doch alle Kriege
um des Geldes Besitz.

Platon

Ein Mensch kann im Bruchteil
einer Sekunde eine halbe
Million Mitmenschen töten,
seine Kinder aber werden nicht
schneller zur Welt kommen als
zur Zeit unserer wilden
Vorfahren.

Bertrand Russell

Die Rüstung ist der teuerste Schrott der Welt.

Linus Pauling

Wenn sich Könige raufen, müssen die Bauern Haare lassen.

Johann Gottfried Seume

Eine friedliche und
einträchtige Welt ist der
geheime Alptraum der Militärs
und der Advokaten.

Norman Mailer

Gewalt ist das Problem,
als dessen Lösung sie sich
ausgibt.

Friedrich Hacker

*I*n der Welt
ist es sehr selten mit dem
Entweder-Oder getan.

Johann Wolfgang von Goethe

*E*instweilen, bis den Bau der Welt
Philosophie zusammenhält,
Erhält sie das Getriebe
Durch Hunger und durch
Liebe.

Friedrich Schiller

Es gibt mehr Ding' im Himmel
und auf Erden,
Als eure Schulweisheit sich
träumet.

William Shakespeare

Die Welt wird nie gut,
aber sie könnte
besser werden.

Carl Zuckmayer

Der Optimist glaubt, daß wir
in der besten aller möglichen
Welten leben,
und der Pessimist befürchtet,
daß das stimmt.

Friedrich Joloff

Alle Lust der Welt ist kurzer
Traum nur.

Petrarca

Die letzte Stimmc, dic man
hört, bevor die Welt explodiert,
wird die Stimme eines
Experten sein, der sagt:
„Das ist technisch unmöglich.“

Peter Ustinov

Die Waage gleicht der großen
Welt:
Das Leichte steigt, das Schwere
fällt.

Gotthold Ephraim Lessing

Wer in sich Ehre hat,
Der sucht sie nicht von außen.
Suchst du sie in der Welt,
So hast du sie noch draußen.

Angelus Silesius

In der Welt ist keine
Seligkeit fehllos.

Horaz

Der Erfolg ist der Lehrer der Toren.

Titus Livius

Ich habe stets beobachtet daß man, um Erfolg in der Welt zu haben, närrisch scheinen und weise sein muß.

Montesquieu

Die Erinnerungen verschönen das Leben, aber das Vergessen allein macht es erträglich.

Honoré de Balzac

Die Erinnerung ist das einzige Paradies, aus dem wir nicht vertrieben werden können.

Jean Paul

Der Himmel
hat den Menschen
als Gegengewicht zu den vielen
Mühseligkeiten des Lebens
drei Dinge gegeben:
die Hoffnung,
den Schlaf
und das Lachen.

Immanuel Kant

Das Glück besteht nicht darin,
daß du tun kannst, was du
willst, sondern darin, daß du
auch immer willst,
was du tust.

Lew N. Tolstoi

Nicht das, was wir sind und
haben, bestimmt unser Glück,
sondern das, was wir glauben
zu sein und zu haben.

Peter Rosegger